詩集

輪郭

RINKAKU

竹林館

詩集

輪郭
RINKAKU

目次

カバー絵・美濃　吉昭
挿　絵・左子真由美
装　幀・竹林館装幀室

RINKAKU

シグナル

それは
パンの竈《かまど》の小さな種火
遠い昔に
消し忘れたままの
部屋の灯り
いつまでも
いわれのない懐かしさと
寂しさで
わたしの肩をたたく
愛しいシグナルよ

あなたはだれ？
だれの指？

*

事件

それは
いつどうやって
わたしのなかにやってきたのか
だれかがきっと
詩というちいさなたねを
なげいれたにちがいない
どんどんおおきくなって
からだのなかにしずんでいる
おもいおもいいしのようで
はやくでていってくれとねがうのみ
けれど
ことばというつばさを
うまくつけると
それはかるがるととんでゆく
わたしをすっかりまるごとからっぽにして

わたしのからだをすてて
あおぞらのかなたへとんでゆく
まるでこれはじけん
はなばなしいじけん
いしがつばさをつけて
そらをとんだという
しんぶんにものらないけれど
じゅうだいじけん
だれかがわたしのなかに
ちいさなたねをなげいれた
いきていることを
かんじよと
いとしいたねにつばさをつけて
ちからいっぱい
そらへはなてよと

八月の篭《かご》には

八月の篭には
熟れた果物のような夕陽

八月の篭には
触れると飛び散る鳳仙花の実

八月の篭には
なくした日記、空に消えた青い風船

八月の篭には
浜辺で落とした金のゆびわ

それから八月の箞には
誰かが隠したピストルも
（真夏の空の隙間からはたまに懐かしいひとの顔が見えるんですって）
八月の光は何でもまっさらにしてしまうのに
何もかも後生大事にしまっている
白い白いこの箞の底では
なくした記憶が眠っている

駅

駅は渚
潮騒のように
時が寄せてはひいていく

わたしたちはいま到着したのだということ
わたしたちはいま出発するのだということ
出会うひと　別れるひと
宇宙のプラットホームに響きわたる発車のベル

その嬉しいような悲しいようなざわめき……

過去と未来が寄せては返す
ここは時の駅
駅は渚

ドナウ河の漣

仕事の帰り、電車の窓から虹が見えた。真夏の日暮れ前、入道雲の端から別の入道雲の端へと虹は架かっていた。思わず声をあげそうになってふと周りを見ると、一心に携帯を触っている人、疲れて眠っている人、誰も虹を見上げている人などいない。・・・それからどうしてだったか、私の胸のデッキから懐かしい歌が流れてきたのだった。それは、母がよく歌っていた歌。今の私よりずっと若い母が、台所でよく口ずさんでいた「ドナウ河の漣」であった。

　月は霞む　春の夜の／岸辺の桜　風に舞い／散りくる花の　ひらひらと
　流るる川の　水の面／／棹さすささ舟　砕くる月影／ふく風さそう　花の波・・・

初めて母がこの歌を歌っているのを聞いたとき、涙ぐみそうになったのを覚えている。私はまだ小学生だったが、きっとその哀愁を帯びたメロディにいわれのない切なさを感じとったのだろう。母は何を思いながら歌っていたのだろうか。その頃、私たち家族は苦しい生活をしていた。家具ひとつなく、みかん箱が私たちの食卓であった。宮崎県日向市富高の結核病棟を改造したアパート。事業に失敗した父を執拗に追いかけてくる借金取り。

「お父さんもお母さんもいません」と断るのは私の役目だった。貧しさの中で弟は生まれ、栄養失調から肺炎に罹って死んだ。

今はモノクロの映画のワンシーンのように頭の隅に残っているだけである。父も母もすでにいない。けれど、若い母の歌っていた美しい調べだけが、幼い子どもの胸に忘れられない記憶として残った。電車の窓の外にかすかに架かっていた虹のように。

　流れのままに　ささ舟の／そのゆく末や　春おぼろ・・・

マリアンヌ

マリアンヌは風船売り
街でも公園でも通りでも
どこにでも出かけてゆく

マリアンヌは風船売り
その前にはいろんな仕事をした
だけどみんな続かなかった

マリアンヌは風船売り
風船を持ったら誰でも幸せになるわ
たとえ少しの間でもね

青い風船、赤い風船、黄色い風船
時々手をはなして空へ飛ばすと
子どもたちはおおはしゃぎで追いかける

マリアンヌは風船売り
ツンと突き出した胸と
ゆれる亜麻色の髪

マリアンヌは風船売り
カフェで出会った彼女は言った
人生は簡単じゃない　でもだから面白い

マリアンヌは風船売り
昨日暮らしていた男と別れて
屋根裏部屋を飛び出した

今日から住む家もない
でもそんなことたいしたことじゃない
風船がのぼっていく大きな空があればいい

ポケットにはわずかばかりのコイン
寂しいときはオレンジをかじる
けれどマリアンヌはマリアンヌ

マリアンヌは風船売り
陽気で考えなしのおてんば娘
でもとびっきり人がいい

懐かしいマリアンヌ
パリの街の路地裏で
幸せの風船を売っているマリアンヌ

そして風船の数だけ
恋の歌と哀しい歌を知っている
街角のマリアンヌ

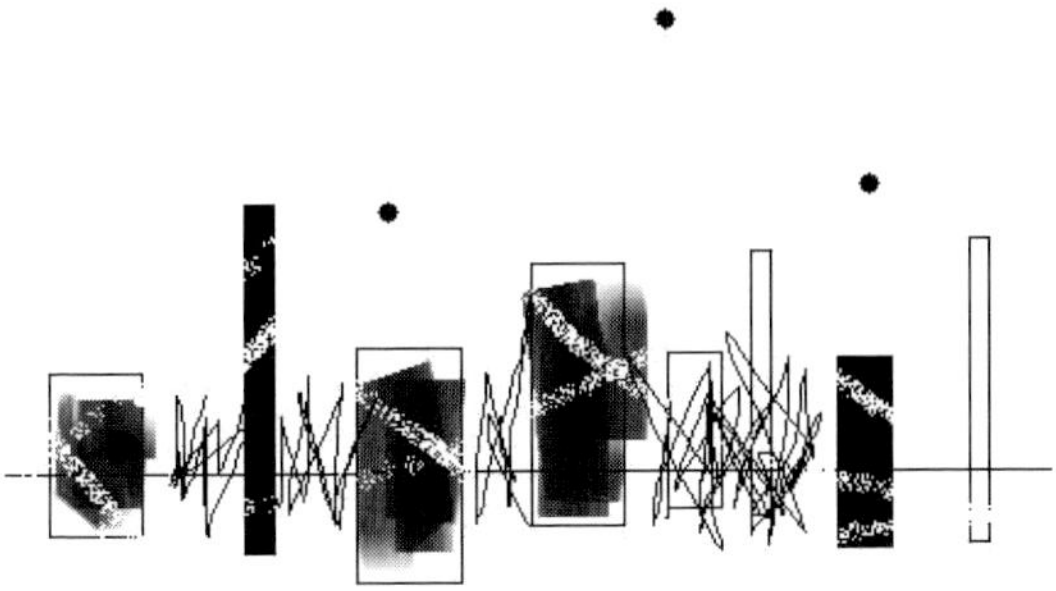

*

落ちた木の葉

落ちた木の葉はどこ行った?
風に吹かれて川のほうへ
落ちた木の葉は旅に出た
川に浮かんで海のほうへ

山からはなれて
樹からわかれて
ちいさな木の葉は
ゆらゆらお舟

川面にうつる月をみた
きらきらひかる波をみた

すいすい泳ぐあめんぼさん
ぽつんと咲いてるたんぽぽも

落ちた木の葉がみたものは
さわさわ揺れる風の音
だあれも知らない夜の底
沈んでいったかたっぽの靴

流れをはしるちいさな舟を
お月さまは空からみてる
そおっとひかりを投げかけて
舟のゆくえを照らしてる

輪郭

りんごをなぞるように
きみのりんかくをなぞる
ふしぎだ
せかいと
きみとに
さかいめがあるなんて

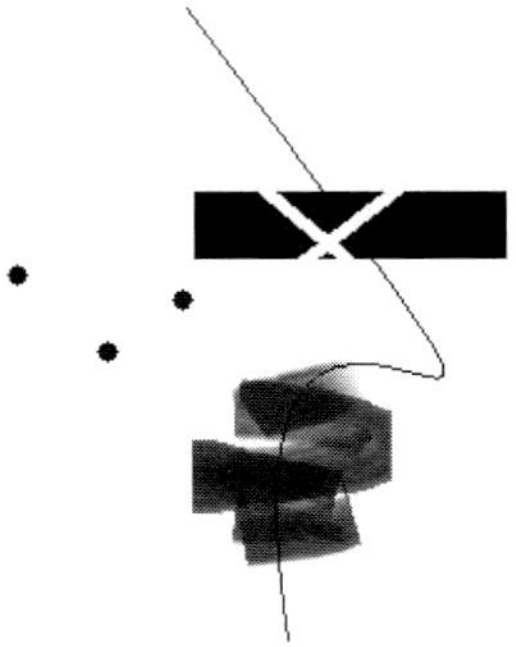

ひだりこまたみ

小学校一年生の入学式のこと
式を終えて新しい教室に入ったとき
子どもたちはみんな
自分の名前の書いてある机を探した

え、ない、ない
いくら探してもわたしの机はない
すると先生が
一つの机までわたしを導いた

ひ・だ・り・こ・ま・た・み

木の匂いのする新しい机
真っ白な紙に墨の文字で
そんな名前が書かれてあった
くっきりはっきり

わたしが大声で泣き出したから
後ろにいた若い母はうろたえたに違いない
そのとき
わたしは教室に居場所がなかったのだった

あれからもう何十年
笑い話のように
あの時のたよりなさを思い出す
名前のないことの何という不安

それからわたしはたくさんの扉を開け
たくさんの部屋に入った
いまでもそのたびにわたしは探している
わたしの名前の貼ってある小さな机を

ローレライ

小学校六年生だった私は、みんなが帰ってしまった体育館へそっと忍び込んだ。体育館の扉を通して、濃いオレンジ色の西陽が射していた。床板にもオレンジ色の光が踊っている。体育館の隅のピアノにどうしても触れてみたかった。あこがれのピアノ、みんなで合唱をするときに先生が弾いてくれるピアノの音の何と美しかったことか。その頃の私のなかでは、素晴らしいもの、美しいもの、豊かなもの、すべてがそこに集約されていた。まるで悪事を働くように、私はピアノに触れてみた。黒く艶やかなその蓋に手をかけてみた。すると、何と、蓋が開いたのだった。恐る恐る小さな音を立ててみた。固く、冷たい手触り。胸の鼓動が高鳴った。ピアノが習いたかったけれど、家庭の事情が許さなかった。食べるだけでせいいっぱいだった私たち家族の暮らしに習い事など入る余地はない。覚えていたローレライのメロディを片手で鳴らしてみた。恐ろしいことをしているようで手が震えた。

と、そのとき。私の手のうえに、突然白く長い指が重なった。私は飛び上がるほど驚いた。先生は、黙ってメロディを弾き始めた。去年、通訳をしていたホテルを辞めて小学校へ赴任してきたY先生。どこか田舎の土地柄には似合わない都会の匂い。若い青年の匂い……。誰もいない二人きりの体育館にしばしローレライの調べが流れ、私の胸にせつない風を吹き入れた。もう五十年も昔。ローレライとは不実な恋人に絶望してライン川に身を投げた乙女が水の精となって美しい歌声で漁師を誘惑し、破滅へと導くというものだそうだ。それから私の人生はどう流れたか、ローレライのように川に身を投げたことも、漁師を破滅させたこともなかったけれど。すべては遠い霧の向こうに流れ去ってしまった。そして、時が止まった私の心の体育館には黒く光るピアノが置かれたまま。そこではローレライの調べが時おり流れ、幼い渇望はオレンジ色の西陽に包まれたままである。

なじかは知らねどこころわびて
むかしの伝えはそぞろ身にしむ・・・

着物

こころは
いつもうまれたばかりで
はだかだから
なにか
きせておかねばならない。
さむくないように
あつくないように
けれど

いつも
きこみすぎたり
ぬぎすぎてしまって
くしゃみをしたり
きものって
とてもむつかしい。

*

Furikaeru

ふりかえったら
きえているかもしれないと
おもうことがある
だから
なんどでも
ふりかえってみる
かいだんで　こうさてんで
あなたが
きえてしまわないか　と

せんかいでも
いちまんかいでも

あぶなく
ころびそうになっても
なにをしているの　と
とがめられても

なんどでも
ふりかえって
さがしてみる
なにもかも
ゆめであったかもしれないから
そして
ふれてみる
うさぎみたいに
あたたかい
あなたに

遠雷

わたしは影です
真夏の樹木の
陽差しから最も遠い
影です

あのかたのそばに
わたしではない誰かが
寄り添って歩いている
そのとき
まるで
感情がない布みたいに

野原に落ちてしまった
わたしは影

——どこかで遠雷が鳴っている
　雨の知らせなのだわ

わたしは影
いましがた
あなた方が通った
その樹の影です
みずを打ったような
真夏の街の
陽差しから最も遠くで
ゆれている影です

星座

ひとりが本屋を出るころ
ひとりは詩の講義を聞いていた
ひとりが陸橋の下で
ストリートミュージシャンの歌を聴きながら
レヴィナスについて考えているころ
ひとりは井伏鱒二の訳したという詩を読んでいた
人生即別離
——サヨナラダケガジンセイダ　と

ひとりが電車に乗っているころ
ひとりはその電車の
駅の近くを歩いていた

ひとりが家に着くころ
ひとりはその反対方向の
電車の中にいた
ガード下の店で買った
明日の朝のパンを抱えて

――サヨナラダケガジンセイ　か

あたりはもうすっかり暗くなった
闇のなかで
神様はハラハラしながら
地上の星々をながめていたに違いない
今しがた
つらいさよならをして
音もなくはなれてゆくふたつの星の軌跡を

花よ

花よ
おまえは土の秘めた
小さな種であったのに
いつのまにか
漆黒の闇のなかから
はみ出してしまう
外へ　外へ
光へ　光へ　と
あふれ出てしまう

花よ
おまえは
億年もの言えぬ
地球のことば

カフェ・プーシキン

それは初冬のパリ
カフェ・プーシキンでのこと
降り始めた雪を逃れて
わたしはカフェの隅に座った

プーシキンとはなんと粋な名前
『大尉の娘』の作家だったかな?
名前をつけた店主のことなど
ふと思いながら

なにげなく見た店の奥
年老いた男と女が
テーブルの上で

しっかりと手を握りあっていた

店の奥までも時々雪は入ってくる
赤いコートとダークグレーのコート
着たままで見つめあい
いつまでも手を握りあっている二人

どんな話が交わされていたのか
どんな二人なのかわたしにはわからない
けれどその手の熱さが
凍えたわたしの指先にも伝わってきた

プーシキンは決闘の傷がもとで
亡くなったのだったっけ？
愛のために
美しい妻ナターリアを守るために

誰も気づいていない店の奥で
誰も気づいていないパリの片隅で
誰も知らない物語が綴られる
それから

二人がどうなったかは知らない
わたしは熱いショコラを飲んで店を後にした
振り返ると
カフェ・プーシキンは吹雪のなかに消えていた

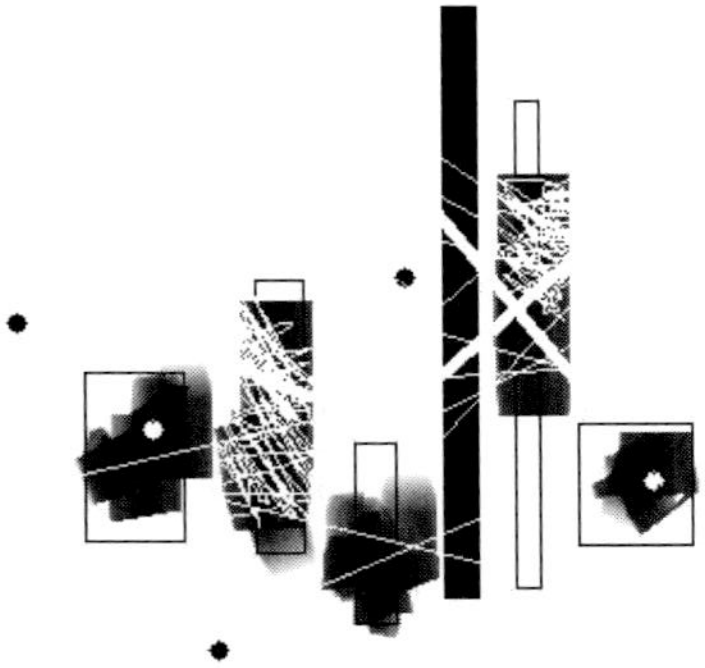

* 46 — 47

*

ジュネス

朝早い通勤電車のなかで
その青年は眠っていた
膝の上にはひらいたままの辞書
生まれたばかりの朝の
オレンジ色のひかりが
ブラインドから洩れ
電車の振動にあわせて
辞書の上を飛び跳ねている
辞書は「j」のところでひらかれたまま

Jeunesse
赤いアンダーラインが引かれていたその言葉
—青春と訳されることの多いその言葉が
ひかりに照らされたり

翳ったりしているのを
青年は知らずに眠っている
夕べの仕事に疲れたのか
それとも果てしない夢の森で
帰りの途《みち》に
迷ってしまったのか

あ、
ジュネスという言葉の眩しさに
わたしは思わず声をあげそうになった
ジュネスというには
もうほど遠いわたしだけれど
その言葉の輝きと
痛みはわかる
わたしの中にもいくつか残る
ちいさな切り傷のような痛み……

それから電車はいくつかの駅に停まり
オレンジ色のひかりは
ほどなく白いひかりに変わっていった
そして青年は辞書を閉じて降り
慌ただしく過ぎ去る人々の群れのなかに消えていった
ジュネスという言葉をわたしの胸の奥に残したまま

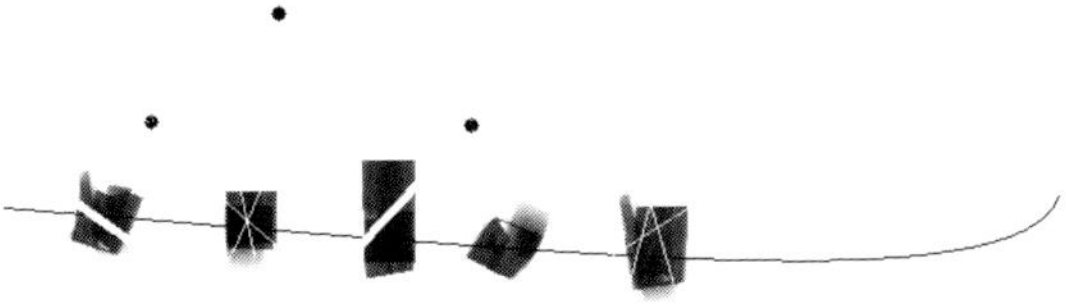

夜のコート

夜はコート
地球のコート
都会のビルの上にも
小さな村の教会の塔にも
虫たちのはねる草原
嵐の海にも
仕事を終えて疲れた人々の屋根の上
一日中泣いていた娘の窓辺にも
同じようにやさしく降りてくる
夜はコート
すっぽりと
かなしみも痛みも

暗闇のなかに溶かしてゆく
地球のコート
誰にもその大きさはわからないけれど
誰もみなそのコートに包まれて眠る
そして
夜のコートが消えてゆくとき
かなしみは小さな雪の欠片《かけら》となって
きれぎれに散ってゆくだろう
いつとは知れず
明るいひかりのなかに
泣いていた娘は少し強くなって
閉じていた窓を開けるだろう
夜のコートが
仕事を終えて立ち去るとき

美しく青きドナウ

開け放した窓から入ってくる春の暖かい風をレコード・プレイヤーの音が掻き混ぜる。高校へ入ったばかりの私はその頃、よくワルツを聴いていた。二階の間借りの部屋にヨハン・シュトラウスの「美しく青きドナウ」が流れている。「ねえ、もう一度聴かせてくれる」と美しい叔母は甘い声で私にせがんだ。叔母はまだ若い。外の陽だまりでは小さな子どもたちのはしゃぐ声。その頃、わけあって別の場所から引き上げてきた私たち家族は、叔父の家の二階に間借りしていた。叔父の仕事が何であったのか詳しくは知らない。ただ、お金にからんだ夫婦の激しいやりとりを何度か耳にして、子ども心に何か不穏なものを感じていた。春の日。桜が窓辺を舞い、新しい季節に胸はずむころのこと。叔父には別れてきた前の妻があり、二人の娘があった。そして、その一人、上の娘は気がふれて病院に入ったままだ。美しく青きドナウ、その調べに叔母はなにを感じていたのだろう。友と別れ、慣れた土地を離れて来た私にとって、それは遙かなあこがれであった。届かぬ思い、宮廷での華やかな舞踏会、まだ見ぬ世界への羨望。生活の靴は土にまみれたまま、どんなにもがいても私の生きる場所は其処にしかなかった。その後しばらくしてその家を去り、私たち家族は安住の地を求めて再び別の土地に移った。

それから何十年経っただろう。記憶は曖昧に混じり、霧の中に漂っている。全ては過ぎ去り、もはやその家はなくただの更地があるだけであった。雪の夜、通りかかった私は車を止めてその場所に佇む。叔父はその後、多額の借金を残して家族を捨て行方不明になったと聞く。あの若く美しい叔母はひとりどこで生きたのだろう。狂った娘は？　もう誰もいなくなった冷たい土の上、チラチラと初冬の雪が舞う。まるで思い出の断片のように。果たせなかった夢の断片。耳を澄ませば、どこからか聞こえてくる。「美しく青きドナウ」の華麗な調べ。「ねえ、もう一度聴かせてくれる？」と言った叔母の甘い声。人生の舞踏会に遅れてしまった人たちの遙かなあこがれを乗せて。人生とは何と脆く美しいものだろう。暗い夜の空き地。電信柱の常夜灯がスポットライトのように照らし出す。誰もかも、みんなみんな永久に行方不明のままの不在の土地を。そこではレコード針が盤を擦るかすれた音だけがいつまでも鳴り続けている。

秋の歌

——秋の日の　ギオロンの　ためいきの　身にしみて　ひたぶるに　うら悲し。

秋の教室に
小春日和の陽が差し込んでいました
先生は窓の外で揺れているポプラに目をやりながら
フランス語でヴェルレーヌの「秋の歌」を朗読していました

そしてわたしたちも声をそろえて
先生のあとについて朗読しました
黒板に書かれたフランス語の綴りの上の
カタカナをおぼつかなく読みながら

この世に詩があることをまだよく知らぬ若いわたしは

驚いて先生を見つめていました
開け放たれた窓から入ってくる秋の風が
さあっと教室の空気をかき混ぜてゆくなか

あこがれがその静かな教室から
窓を飛び越えて空へ飛んでいくようでした
はるかなものへと
貧しい一日にもほのかな温《ぬく》みを与えて

声が響くと思いがけない空の方向から
青い小鳥たちが飛んでくるのでした
わたしの心の森ふかくでは
木の葉のようにさわさわことばがゆれました

秋の教室に
小春日和の陽が差し込んでいました

先生は窓の外を見つめて
涙を流しながら朗読していました
――鐘のおとに　胸ふたぎ　色かへて　涙ぐむ　過ぎし日の　おもひでや。
もうずっとずっと昔のことです
あれから大人になっても青い小鳥たちはときおり飛んで来ます
わたしの心の森で
さわさわと木々の葉をゆらして

（ヴェルレーヌ「秋の歌」　上田敏訳『海潮音』より）

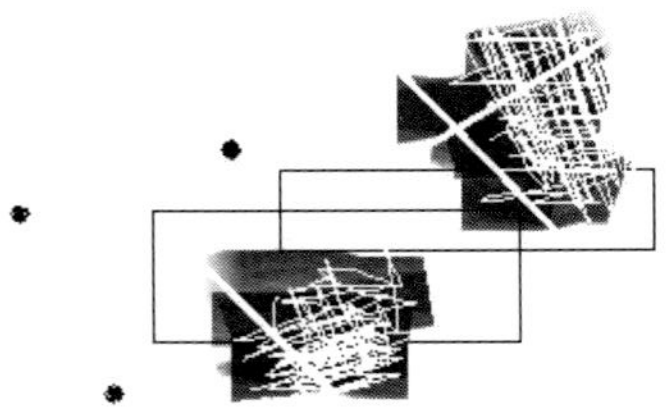

この雨

空に　街に　屋根に　樹々に
公園で遊ぶ鳩に　ため息をつく男に
恋を忘れた女に　さまよう人々に
汚れたアーケードに　砲弾の降り注ぐ街に
食べ物のない家に　親をなくした子どもに

この雨　とまらない雨　どしゃぶりの雨
眠らない雨　恋する雨　呻き声をあげる雨
叫ぶ雨　うなだれる雨　絶望する雨
ため息をつく雨　嘆く雨　血の雨
雨　雨　雨　雨　雨　地上にとめどなく降る雨

空の思い出を　街の思い出を　屋根の思い出を
樹々の思い出を　過ぎ去った恋の思い出を
ひとりぼっちの夜の思い出を　冷たい寝床を
はだしの少年の痩せた体を　兵士の傷ついた足を
暗い夜の高い壁を　戦場の血の記憶を

流せよこの雨　なにもかも　海に注げよ雨
流せよこの雨　なにもかも　消し去れよ雨

ふたたび
あたたかく静かな朝が訪れるまで
ふたたび
新しい太陽が頭上に昇るまで

*

ひらめ

どうしてだったかふたりは
ゆめのなかをおりていった

そこではおとこはいっぴきのひらめであった
おんなもいっぴきのひらめであった

さがしていたのは　こんなしずけさ
もとめていたのは　こんなやすらぎ

あめのひに　ひらめはうみのそこで
ふたつならんで　うえをみていた

—あめがふってるらしいね
—こぶねがとおったわね

—どこにもないだろう　こんなかくれがは

おとこのひらめは　そういった
—ひらめにならなければ　みつからなかったわね
おんなのひらめは　そうこたえた

うみのうえでは　くもがながれた
うみのうえでは　かぜのようにときがすぎた

—うみのそこでしかあえないね
おとこのひらめはそういった

—うみのそこもわるくないわ
おんなのひらめはそうこたえた

ゆめのなかでは
あかいみずくさがほのおのようにゆれていた

星

仕事帰りの電車のなかで吊り革を持って揺られていると、前の座席に若い男女が座っていた。しっかりと手をつないでふたりは眠っていた。電車の揺れに合わせて、同じ角度に揺れながらそれでも手を離さないで。春の初め、少し長くなった日が暮れようとする時間、陽が山の端に落ちると、窓の外はたちまち暗くなる。その隣には幼い子どもが眠っていた。きちんと座ったその手の甲にはマジックで書かれた星がみっつ。暗くなった窓からは何も見えないけれど、それはもしかしたら地上に降りてきた空の星だったかしら。眠っている三人の天使たちはそんなわたしの思いには気づかないで、電車の快い揺れに身を任せている。春とはいえ、まだまだ風は冷たい夜のこと。

電車を降りると、駅舎の彼方の空には、オリオン座がちいさく瞬《またた》いていた。

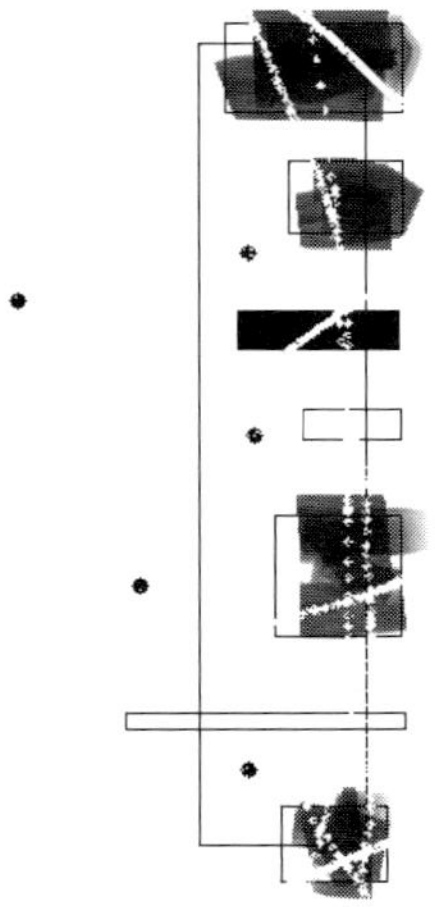

* 68—69

質問

いま考えていますから
まだあてないでくださいね
もう少しでわかりそうなのです
と　少女は顔をあからめた

星のようにだまっているのは
そのせいなのです
木のように突っ立っているのは
そのせいなのです

謎めいた世界のXとYに
シロツメクサのスパイスをかけて

未熟な呪文を唱えながら
少女は謎解きの真っ最中

どうしてここにいるのか
何をするために生まれてきたのか
宇宙の片隅の教室で
いっしょうけんめい考えているのです

あと少し待っていてください
星がまたたくように
木が空へ枝をのばすように
先生わたし、もうすぐ手をあげます

霙《みぞれ》降る日に

何もかもうまくいかない日がある
少なくともそう思えるときがある

霙が
灰色によどんだ空から
冬の終わりの街に降る
仕事を終えて
ひとり歩く舗道

ふと見上げた眼に映る
桜並木の
裸の痛々しい枝に

霙に打たれている
ほのかに膨らんだつぼみ
凍てつく寒さの中で
確かに咲こうとしている
そのいくつものつぼみの愛しさ

私は足を止めて
じっとつぼみを見つめ
それからまた
人の流れに混じっていく

それが何であろう
ささやかな営みの
うまくいくとかいかないとか
霙に濡れて
手足が凍えても

それが何であろう
生きることが
こんなにもいじらしくつつましく
確かであるのならば

私はそのことを誰にも言わなかった
その日の言い知れぬ感動を
いや、誰かへの手紙の最初の挨拶にこんな風に書いたかもしれない

——桜のつぼみが膨らんできましたね

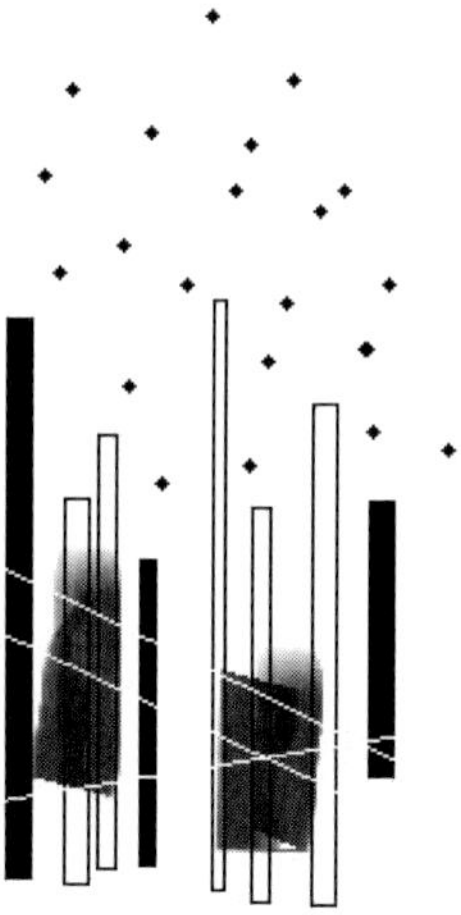

グラス

その形が
うつくしいのは
かろうじて
薄い一枚の仕切りにより
なかにたたえられた液体を
しっかりと
抱き留めているからである
倒れることなく
壊れることなく
まして
役目を捨て去ることなど
決してなく

液体の重みを
支えているからである
いつの日か
壊れて
粉々になるとしても
みずからの
ほろびのなかで
ひとつの任務を
なし遂げようとする
その決意の固さは
液体を守ろうとする意志である

限りなくやわらかいものに
触れた
かの日より

あとがき

六年ぶりに詩集をまとめることになりました。高校生だったころからいままで詩というものに促されるように夢中で書いてきました。まだまだ詩の道の途上にあるものですが、空の隙間からチラッと月のひかりのように詩のえまいが見えたような気がします。

このたび詩集をまとめるにあたって、「PO」や「イリヤ」に発表したものに手を加えましたが、これを決定稿としたいと思います。

カバーの絵は美濃吉昭さんにお願いして使わせていただきました。ありがとうございました。

詩を書くよろこび、詩を読むよろこび、そして、詩を生きるよろこび……。

みなさまとともに。

二〇一九年六月吉日

左子真由美

左子 真由美（さこ まゆみ）

関西詩人協会・日本現代詩人会・日本詩人クラブ会員
「詩の実作講座」常任講師
詩誌「ＰＯ」・「イリヤ」所属
芦屋写真協会会員
㈱竹林館代表

既刊詩集『あもるふ』共著
『赤い窓』『冬のレモン』『紙ヒコーキ』
『空と地上の間で』『愛の手帖』『あんびじぶる』
『Mon Dico ＊ 愛の動詞』『omokage』
写真集 『パリ，あの夏 ― ジャン・ピエールを探して』

住 所 〒530-0044 大阪市北区東天満２丁目９－４
千代田ビル東館７階 FG

詩集 RINKAKU《輪郭》

2019年7月14日 第1刷発行
著 者 左子真由美
発行人 左子真由美
発行所 ㈱竹林館
〒530-0044 大阪市北区東天満2-9-4 千代田ビル東館7階 FG
Tel 06-4801-6111 Fax 06-4801-6112
郵便振替 00980-9-44593
URL http://www.chikurinkan.co.jp
印刷・製本 モリモト印刷株式会社
〒162-0813 東京都新宿区東五軒町3-19

ISBN978-4-86000-415-6 C0092

定価はカバーに表示しています。落丁・乱丁はお取り替えいたします。